DANIEL JACKSON

JEANNE D'ARC

TRAGÉDIE EN TROIS ACTES ET EN MILLE VERS

Jeanne d'Arc, par LAFONT.

PARIS

PRIMERIES, ÉDITION ET PUBLICITÉS BELLEVILLE

27, 27 *bis*, RUE DU MOULIN-VERT, 29, 29 *bis*

1909

DANIEL JACKSON

JEANNE D'ARC

TRAGÉDIE EN TROIS ACTES

ET 1.000 VERS

PARIS

IMPRIMERIES, ÉDITION ET PUBLICITÉS BELLEVILLE

27, 27 *bis*, RUE DU MOULIN-VERT, 29, 29 *bis*

1909

Personnages

JEANNE D'ARC, la Pucelle d'Orléans.
CHARLES VII, roi de France.
Georges de LA TRÉMOILLE, favori du roi. (Voir page 6, note 2.)
Raoul de GAUCOURT, bailli d'Orléans, conseiller du roi. (Voir page 7, note 7.)
Jean DUNOIS, comte de Longueville, bâtard d'Orléans. (Voir page 7, note 3.)
Vigeoles, dit LA HIRE, capitaine. (Voir page 7, note 2.)
Pierre CAUCHON, évêque de Beauvais.
Un ASSESSEUR du Tribunal de Rouen.

Personnages muets et facultatifs

Regnault de Chartres, archevêque de Reims, chancelier de France, conseiller du roi. (Voir page 7, note 5.)
Robert le Maçon, seigneur de Trèves en Anjou, conseiller du roi. (Voir page 7, note 6.)
Thomas de Courcelles, docteur de l'Université de Paris, juge.
Jean le Maitre, vicaire pour le diocèse de Rouen de l'Inquisiteur de France, second juge.
Chevaliers (acte I", scène III) et assesseurs (acte III, scène II).

LIEUX, DATES, PERSONNAGES ET NOMBRES DE VERS

DES SCÈNES DE LA PIÈCE

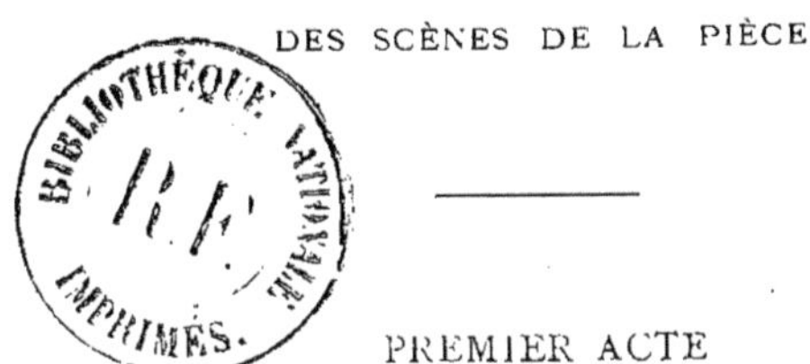

PREMIER ACTE

Scène I à Chinon, le 7 mars 1429, CHARLES VII. vers 20
  — II à Chinon, le 7 mars 1429, CHARLES,
     LA TRÉMOILLE. — 30
  — III à Chinon, 9 ou 10 mars, CHARLES, LA
     TRÉMOILLE, JEANNE D'ARC. — 36
  — IV à Chinon, 9 ou 10 mars, CHARLES,
     JEANNE. — 44

130 vers : 1 à 130

DEUXIÈME ACTE

Scène I à Reims, le 16 juillet 1429, CHARLES,
     JEANNE. vers 170
  — II à Reims, le 17 juillet 1429, DUNOIS,
     LA HIRE. — 100
  — III à Sully-sur-Loire, 1 quinzaine avril 1430,
     CHARLES, JEANNE, LA TRÉMOILLE
     GAUCOURT. — 200

470 vers : 131 à 600

TROISIÈME ACTE

Scène I à Sully-sur-Loire, février 1431, CHARLES,
     LA TRÉMOILLE, GAUCOURT. vers 200
  — II à Rouen (prison de Jeanne), 29 mai 1431,
     JEANNE, CAUCHON, assesseurs. — 112
  — III à Sully-sur-Loire, premiers jours juin 1431,
     CHARLES, LA TRÉMOILLE, GAU-
     COURT. — 88

400 vers : 601 à 1000

Total . . . . . **1000** vers

IMPORTANCE DES RÔLES

JEANNE D'ARC

Acte Ier scène III 33 vers, scène IV 32 vers, soit 65 vers
Acte II — Ire 148 — — III 138 — — 285 — } 450 vers
Acte III II 99 — 99 —

CHARLES VII

Acte Ier scène Ire 20 vers, scène III 2 v. 1 2, soit 48 v. 1 2
Acte Ier — II 14 — IV 12 vers
Acte II Ire 22 — — III 24 — soit 46 vers } 141 vers, 1 hémistiche
Acte III — Ire 25 — — III 22 — 47 —

GAUCOURT

Acte II scène III 16 vers, soit 16 vers
Acte III — Ire 171 — scène III 66 vers — 237 — } 253 vers

LA TRÉMOILLE

Acte Ier scène II 16 vers, scène III 1/2 vers, soit 16 v. 1 2
Acte II — III 22 — — 22 vers } 42 vers, 1 hémistiche
Acte III — Ire 4 — — 4 —

DUNOIS

Acte II scène II 88 vers. 88 vers

LA HIRE

Acte II scène II 12 vers. 12 vers

CAUCHON

Acte III scène II 7 vers. 7 vers

UN ASSESSEUR

Acte III scène II 6 vers. 6 vers

Total. . . . 1000 vers

PREMIER ACTE

A Chinon (17 mars 1429)

SCÈNE PREMIÈRE

CHARLES VII, *seul.*

O Dieu ! Combien triste est ma situation !...
Et d'abord suis-je roi de cette nation ?
Feu le roi Charles VI fut-il vraiment mon père ?
Oui, suis-je bien le fils d'Isabeau de Bavière,
Monstre qui n'a pas craint de signer ce traité[2]
Qui fit un Anglais roi, qui m'a si mal traité !...
    Moi pauvre roi de Bourge ! Henri Six roi de France !...
Jusques à Orléans s'étend son influence :
Le Berry, le Poitou. même le Bourbonnais
Vont tôt ou tard tomber au pouvoir des Anglais !   10
    Hélas ! si seulement le « bon » duc de Bourgogne[3].

---

[1] Charles VII avait, en effet, des doutes sur la légitimité de sa naissance ; il demanda à Dieu de les lui dissiper dans une prière adressée, le 1ᵉʳ novembre 1428, dans sa chapelle de Loches, prière que lui rappela Jeanne d'Arc (voir Acte premier, Scène IV, vers 93 à 107).

[2] *Traité de Troyes*, signé le 21 mai 1420 entre : Isabeau de Bavière, au nom de son époux Charles VI le fou ; le duc de Bedford, au nom de son frère Henri V, ro d'Angleterre, et le duc de Bourgogne, Philippe le Bon.

D'après ce traité, Henri V épousait Catherine, fille de Charles VI, devenait régent du royaume de France, et le premier enfant qui devait naître de son mariage réunirait sur son front les couronnes de France et d'Angleterre.

[3] *Philippe le Bon*, dont le grand-père, Philippe le Hardi (1363-1404), premier duc de Bourgogne, était le quatrième fils du roi de France Jean II le Bon, avait juré de venger la mort de son père, Jean sans Peur, assassiné à Montereau, le 10 septembre 1419, et s'était étroitement allié aux Anglais.

Rompant avec Bedford[1], affermit ma couronne !...
Mais non !... traître à son roi, rongé d'ambition,
Sur moi Philippe étend sa domination !...
   L'horizon est bien noir ! J'ai perdu confiance ..
Hélas ! me faudrait-il laisser toute espérance ?

(Il se jette à genoux.)

   Mon Dieu ! Vous qui, jadis, protégeâtes souvent
Cette France qui semble — ô spectacle affligeant —
Avoir perdu la foi, humblement je vous prie !
Venez à mon secours ! Oui, je vous en supplie !   20

SCÈNE II

CHARLES VII, LA TRÉMOILLE[2]

LA TRÉMOILLE

Sire, je viens d'apprendre un bruit fort singulier :
Une jeune Lorraine, à l'aspect roturier,
Dit que Dieu l'envoya pour délivrer la France
Et voudrait obtenir de vous une audience.

CHARLES

Que dis-tu, La Trémoille ? En croirais-je mes yeux ?
S'il en était ainsi, je bénirais les cieux !

---

[1] *John Plantagenet, duc de Bedford*, frère de Henri V, roi d'Angleterre, et du duc de Gloucester, par conséquent oncle du jeune roi Henri VI, avait signé le traité de Troyes en qualité de régent du royaume de France, puis avait battu l'armée française à Crevant (1ᵉʳ juillet 1423) et à Verneuil (17 août 1424) (voir page 27, note 1).

[2] *Georges de la Trémoille*, dont le père lutta contre les Turcs à Nicopolis (1396), fut d'abord attaché au parti bourguignon (Jean sans Peur en fit son chambellan), puis embrassa en 1407 la cause des Armagnacs, et fut en 1415 fait prisonnier à Azincourt. Présenté en 1427 à Charles VII par Yolande d'Aragon, reine de Sicile et belle-mère du roi, et par le connétable de Richemont, comme propre à remplacer le sire de Giac en qualité de ministre, la Trémoille ne tarda pas à exercer sur l'esprit du roi l'empire le plus absolu, et fit exiler Richemont, son protecteur, à Parthenay.
Il était en bons termes avec les Bourguignons et les Anglais, qui, lorsqu'ils envahirent la Touraine en 1428, respectèrent son manoir de Sully-sur-Loire.
Sans s'opposer à l'admission de Jeanne, il contrecarra toujours l'influence qu'elle exerçait sur l'esprit du roi et ne cessa de la faire surveiller.

Mais d'un si grand exploit serait-elle capable ?
Cette nouvelle semble à peine vraisemblable.

LA TRÉMOILLE

Je ne crois pas non plus à sa prédiction.
Mais vous connaissez bien la situation :   30
Le pays, aux Anglais de Calais à Bayonne,
Au sombre désespoir chaque jour s'abandonne.
Orléans, assiégé depuis plus de six mois [1],
Malgré le dévouement de La Hire [2] et Dunois [3],
Va bientôt succomber : ce n'est que trop probable.
La situation semble irrémédiable.
Après le grave échec essuyé par Clermont [4],
Regnault [5], Le Maçon [6], Gaucourt [7] vous conseilleront
De faire devant vous venir cette Lorraine
Et de bien s'assurer si d'esprit elle est saine.   40

CHARLES

Tu dis vrai, La Trémoille, et ton avis me plaît.
Si je veux secouer le joug de ces Anglais,
En l'état où je suis, il serait très insane

---

[1] C'est le 12 octobre 1428 que le comte de Salisbury mit le siège devant Orléans qui devait lui livrer tout le centre de la France.

[2] *Vigeoles, dit La Hire* (1390-1443), s'était déjà signalé en 1418 au siège de Coucy (voir acte II, scène II, vers 311). Il subit la sainte influence de Jeanne (voir page 28, note relative aux vers 326 et 327).

[3] *Jean Dunois, le Bâtard d'Orléans,* comte de Longueville (1399-1468), le fidèle compagnon de Jeanne d'Arc, était le fils de Louis, duc d'Orléans (ce frère de Charles VI avait épousé Valentine Visconti et fut assassiné en 1407 par Jean sans Peur, duc de Bourgogne), et de Mariette d'Enghien.

Dunois avait vaincu, avec 1.600 hommes, 3.000 Anglais commandés par Suffolk, Warwick et Jean de la Pole, à Montargis (1427). (Voir acte II, scène II, vers 313 à 315).

[4] Sir John Falstolf, parti de Paris avec 12.000 hommes, battit à Rouvray (Beauce), le 12 février 1429, le comte de Clermont, fils aîné du duc de Bourbon, accouru de Blois avec 5.000 hommes au secours des Orléanais assiégés. Ce combat fut appelé *« Journée des Harengs »,* parce que le champ de bataille était jonché de harengs, tombés des barils que les boulets avaient défoncés.

[5, 6, 7] *Regnault de Chartres,* archevêque de Reims et chancelier de France ; *Robert le Mâçon,* seigneur de Trèves en Anjou, et *Raoul de Gaucourt,* bailli d'Orléans, formaient avec Georges de la Trémoille, auxquels ils étaient (les deux premiers particulièrement) tout dévoués, le Conseil du Roi.

De ne point recevoir la jeune paysanne.
Mais qu'elle vient de Dieu je veux être certain,
Je ne veux pas donner l'appui royal en vain.
Aussi, pour l'éprouver, en salle d'audience,
Je dissimulerai de mon mieux ma présence,
Ce soir, plus mal vêtu qu'aucun de mes seigneurs :
Qu'elle vienne vers moi, elle aura mes faveurs.

50

SCÈNE III

(9 ou 10 mars 1429[1])

CHARLES VII, JEANNE D'ARC, LA TRÉMOILLE, GAUCOURT,
REGNAULT DE CHARTRES, ROBERT LE MAÇON et trois cents chevaliers.

JEANNE *(après s'être approchée du roi et lui avoir fait la révérence)*

Gentil Dauphin, que Dieu vous donne bonne vie !

CHARLES *(voulant la prendre en défaut)*
Ce n'est pas moi le roi ; vous vous trompez, ma mie.

JEANNE, *vivement*

Gentil Prince, personne autre que vous n'a droit
De se dire Dauphin et vous êtes le roi.

CHARLES

.... Comment vous nommez-vous, habile messagère ?

JEANNE

La Pucelle est mon nom ; je ne suis que bergère,
Mais viens vous annoncer l'ordre qui m'est donné :
Vous serez. Prince, à Reims, sacré et couronné.

---

[1] Le Conseil délibéra deux jours avant d'admettre Jeanne en sa présence.

JEANNE D'ARC, PAR MATH. MOREAU

La Trémoille

Douces illusions !

Charles

..... Et quel est votre père ?

Jeanne

Domrémy de Lorraine est l'endroit où ma mère,   60
Femme d'un paysan[1], me fit naître un beau jour.
Dès l'enfance, envers Dieu mon cœur fut plein d'amour.
A l'âge de treize ans, je vis une lumière,
J'entendis une voix, je tombai en prière.
Je reconnus alors Monseigneur Saint-Michel,
Des archanges divins le chef universel.
Il me dit : « Jeanne, sois toujours bonne et pieuse ! »
Cette voix me troubla, me rendit sérieuse.
« Vas, me dit-elle encore, au secours de ton roi !
La France est en péril : l'Anglais y fait la loi ! »   70
Cette apparition, j'étais bien résolue
A la cacher à tous jusqu'à l'heure voulue.
Elle avait sur mon cœur empire souverain.
Mais puisque je ne pris nul confident humain,
Je m'entretenais avec sainte Catherine,
Et Marguerite aussi, sa compagne divine.
Mes voix me conseillaient d'aller à Vaucouleurs.
Alors, n'écoutant plus que celle de mon cœur,
Chez Sire Beaudricourt un jour je suis allée :
Mais il me renvoya, me croyant possédée.   80
Je retournai le voir et le priai si bien
Que d'obéir à Dieu il me donna moyen :

---

[1] Jacques d'Arc et Isabelle Romée, cultivateurs à l'aise, pieux et charitables, eurent quatre enfants avant Jeanne qui naquit le 6 janvier 1412 : une fille : Catherine, qui se maria et mourut avant le départ de sa sœur; et trois garçons : Jacquemin, Jean et Pierre. Ces deux derniers rejoignirent Jeanne à Tours et firent partie de sa maison militaire (voir acte II scène I, vers 163 et 164).

La famille de Jeanne fut anoblie par Charles VII, et son village exempté d'impôts (voir acte II, scène III, vers 541 et 542).

Jean de Metz, Poulangy, trois autres hommes d'armes,
M'accompagnèrent, Sire, à Chinon sans alarmes[1].
   J'ai fini, Messeigneurs. Vous seul. gentil Dauphin,
Pouvez de mon récit entendre encor la fin.

Sur un signe de Charles VII. tout le monde se retire, et le roi reste
seul avec Jeanne.

SCÈNE IV

CHARLES VII, JEANNE D'ARC

JEANNE

Votre cœur, je le sais, depuis longtemps s'agite :
Que désormais la paix entièrement l'habite.
Vous êtes le Dauphin : mes voix me l'ont appris.
Qu'il n'y ait sur ce point nul doute en votre esprit.   90
Vous êtes le vrai fils de Charles, roi de France,
Et c'est là, Sire, un fait d'une pleine évidence.
   Pour dissiper le doute en ce point important,
Je vais vous révéler, Sire, le beau serment
Que vous fîtes à Dieu, l'an dernier. en novembre,
Le jour de la Toussaint, priant dans votre chambre :
« O Dieu ! lui dites-vous, si point ne suis le fils
D'Isabeau de Bavière et du roi Charles Six,
Faites-le moi savoir ! Dans ce cas, j'abandonne
Les droits que je croyais avoir à la couronne.   100
Épargnez de leurs maux les pauvres gens du roi :
S'ils viennent par ma faute, alors punissez-moi.
Si le peuple a péché, alors faites-lui grâce :
Il a assez souffert ! » Telle fut, à voix basse,
La prière par vous au bon Dieu Tout-Puissant
Adressée en secret de votre cœur fervent.

---

[1] Jeanne parcourut en onze jours les 600 kilomètres qui séparent Vaucouleurs de Chinon, du 23 février au 6 mars 1429.

JEANNE D'ARC, PAR CHAPU (MUSÉE DU LUXEMBOURG)

Et cela se passait à Loche, en la chapelle.
Maintenant, croyez-vous en Jeanne la Pucelle ?
Ah! Sire, Dieu m'a bien donné la mission
De chasser les Anglais, sauver la nation   110
Après vous avoir fait couronner roi à Reims.
Pourquoi douteriez-vous, mon cher, mon gentil Prince ?
Charlemagne et Louis prient dans les cieux pour vous :
Ils demandent à Dieu, le supplient à genoux,
De vous donner du cœur, de raffermir votre âme
Et de l'illuminer de Sa céleste flamme.

CHARLES

Maintenant je crois, Jeanne, à ton verbe divin.
Maintenant, je le sens, c'est moi qui suis Dauphin.
Qu'autour de toi la France entière se rallie.
A vaincre les Anglais, tu m'aideras, amie.   120
Je te donne une armée que tu commanderas.
Je souscris d'avance à tout ce que tu feras.
Pour aboutir un jour à notre délivrance,
Oui, pour réaliser cette belle espérance,
Et La Hire, et Dunois, et Boussac chargé d'ans
T'aideront à lever le siège d'Orléans.
Que Dieu soit avec toi, ô ma vaillante Jeanne !
C'est le vœu que je forme, et de toute mon âme.

JEANNE

Sire, je ne saurai vous dire assez combien
Une aussi belle foi à mon cœur fait de bien.   130

FIN DU PREMIER ACTE

DEUXIÈME ACTE

SCÈNE PREMIÈRE

A Reims, le 10 juillet 1429, veille du sacre

CHARLES VII, JEANNE D'ARC

JEANNE, *joyeuse*

Arrivés à ce point de notre beau voyage,
Croyez-vous maintenant en mon divin message ?
  Voyez tout le chemin que, depuis fin avril,
Vous avez parcouru ! Alors, vous souvient-il ?
Orléans, assiégé depuis le douze octobre,
Menaçait d'être pris. C'eût été sans opprobre :
Les cinq cents de Gaucourt avaient fait leur devoir.
Salisbury tué, le ciel semblait moins noir ;
Car Dunois et La Hire, et Boussac et Xaintraille
S'entendaient à frapper et d'estoc et de taille.
Mais Falstolf remporta la Journée des Harengs[1],
Forçant les assiégés à resserrer les rangs.
Votre royaume étant en pitié et en peine,
Dieu alors m'ordonna de quitter ma Lorraine.
  Arrivée à Chinon, le six mars, à midi,
Par vous je ne fus pas reçue avant le dix.
Je reconnus mon roi et, sans la moindre crainte,

JEANNE D'ARC. — TABLEAU DE DELANOY (SALON DE 1906)

Vous mis, Sire, au courant de ma mission sainte.
Malgré vos consèillers qui, sans m'être opposés,
N'ont point pris le parti que j'aurais supposé,   150
Je fus assez heureuse, au cours de l'audience,
D'obtenir votre appui et votre confiance,
Malgré tous ces docteurs de l'Université,
Qui, là comme à Poitiers, ont longtemps hésité
A croire que j'étais fidèlc catholique.
    La voix de mes amies devenait énergique.
Brûlant d'impatience, enfin je pus partir.
J'avais dans ma mission la foi du martyr.
    A Tours, je fis chercher l'épée de Charlemagne,
Qui, dans tous les combats, est ma chère compagne.   160
J'appris son existence et je sus, par mes voix,
Qu'elle se trouvait en l'église de Fierbois.
    Jean de Metz, Poulangy, Pasquerel, Jean et Pierre[1]
Composaicnt, vous savez, ma maison militaire.
    Je me fis faire encore l'étendard que voici.
Entre mille drapeaux, je n'eusse autre choisi :
Il est en boucasin avec franges de soie ;
Partout des fleurs de lys ; fièrement il déploie
Les mots Jésus, Marie, puis Dieu en Majesté ;
L'écu de France enfin orne l'autre côté.   170
    De la ville de Blois, j'adressai une lettre
A Bedford, qui voulait à sa loi nous soumettre.
    Je traversai la Loire et pus ravitailler
Orléans sans avoir eu même à batailler.
Puis j'allai rendre grâce à Dieu en cathédrale,
Par la foule escortée à la joie triomphale.
Les renforts nous ayant rejoints le quatre mai,
L'ordre d'attaquer les bastilles je donnai.
Celle de Saint-Loup prise et battu Glamsdale,

---

[1] Jean de Metz, Poulangy et Pasquerel avaient accompagné Jeanne, de Vaucouleurs à Chinon ; Jean et Pierre étaient les frères de Jeanne qu'ils avaient rejoints à Tours (voir note de la page 11).

Je pus détruire enfin le fort de la Tourelle[1].
Nous jetons dans la Loire en masse les Anglais,
Et ce fut là, Dauphin, notre premier succès.

LES ÉTENDARDS DE JEANNE D'ARC

D'un grand *Te Deum* la foule enthousiasmée
Célébra de tout cœur l'Éternel des armées.

---

[1] Le fort ou Bastille des Tourelles ou des Tournelles fut pris le 7 mai 1429. Le lendemain, dimanche, à l'aurore, les Anglais levèrent le siége d'Orléans.

JEANNE D'ARC VICTORIEUSE RENTRE A ORLÉANS. — TABLEAU DE SCHERRER

Je quittai Orléans et retournai à Blois ;
Puis à Tours je reçus ce doux baiser du roi...
Nous allâmes à Loche, et là, nous nous quittâmes :
Mais Dieu, à l'unisson, faisait battre nos âmes.
    Avec mes compagnons, je fonce sur Jargeau
Dont, avec plein succès, je dirige l'assaut [1].   190
Suffolk se rend à moi. Beaugency fait de même [2].
Mais arrivent Falstolf et Talbot, l'honneur même.
Bien qu'ils fussent cinq mille, je veux les attaquer.
Je vais à leur rencontre : ils fuient tels des laquais.
A la fin, la bataille, à Patay engagée [3],
Est bientôt furieuse, acharnée, enragée :
L'ennemi est battu, deux cents des leurs sont pris,
Dont Scales et Talbot, captures de grand prix.
Deux mille Anglais gisaient sur le champ de bataille,
Tant merveille avait fait notre belle mitraille.   200
    Meung tomba de même au pouvoir des Français.
J'avais donc, en huit jours, triomphé à Patay,
Délivré Beaugency et maint autre village.
Il me fallut alors du royal entourage
Vaincre l'inertie, et c'est avec passion
Que je voulus remplir toute ma mission.
Avec les douze mille hommes de notre armée,
D'un noble loyalisme et d'ardeur animée,
Nous fîmes route alors vers Reims, cher à nos rois.
Nous brûlâmes Auxerre [4], et bientôt, devant Troys [5],   210
Nous perdîmes deux jours dans une vaine attente...
Agir rapidement étant chose importante,

---

[1] C'est au siège de Jargeau (10 juin) que Jeanne sauva la vie du duc d'Alençon.

[2] 16 juin.

[3] 18 juin.

[4] L'armée royale occupa successivement Châteauneuf (22 juin), Gien (24 juin) et Saint-Florentin (3 juillet), après être passée le 1ᵉʳ juillet devant Auxerre. Voir la carte.

[5] Charles VII arriva le 5 juillet devant Troyes (l'e est supprimé pour faire une rime masculine). Regnault de Chartres conseillait de lever le siège ; et Gaucourt, de prendre et suivre l'avis de Jeanne. Celle-ci promit au conseil le succès et emporta la ville d'assaut. Le roi y pénétra le 10 juillet.

Je commandai l'assaut : il fut victorieux ;
Le succès couronnait nos efforts glorieux.
  Hier soir, Châlons-sur-Marne ouvrait au roi sa porte.
Enfin, aujourd'hui même, à Reims, avec l'escorte
De tous les habitants, acclamé et fêté,
Vous fîtes votre entrée en la sainte cité.
Vous avez entendu cette foule en délire
Qui s'écriait : « Noël! » Beau cri, n'est-ce pas, Sire ?   220
Oui, comme c'était beau! Les uns chantaient, riaient,
D'autres, d'émotion, se taisaient et pleuraient...
Trois semaines de marche et quatre villes prises !
La Patrie, peu à peu, sur l'Anglais reconquise !...
Depuis le vingt-neuf juin jusques à aujourd'hui,
Pour nous le soleil éclatant de gloire a lui.
Et peut-être Bourgogne, ému de nos victoires,
Cessera désormais de causer des déboires...
Sire, quel beau triomphe! et combien devons-nous
Remercier mes voix, votre armée, Dieu surtout !   230

CHARLES

Oui, Jeanne, Dieu est bon, et je Le remercie.
Grâce à Lui, tu as pu vaincre mon inertie.
J'étais aveugle alors, car je ne voyais pas
Que tu prenais ma main pour diriger mes pas.
  Et moi qui hésitais à croire en ta parole!...
Sur ton front, maintenant, je vois une auréole ;
Autour de moi tu fais la gloire rayonner.
Désormais, Jeanne, en toi je veux m'abandonner.
Pour toi, ma gratitude et ma reconnaissance
Seront à la hauteur de ta grande vaillance.   240
Dieu Lui-même t'élut, comme tu me l'as dit,
Pour sauver Orléans ; et je tiens pour maudit
Celui qui, maintenant, douterait de tes voix,
Et ne voudrait pas, Jeanne, obéir à leurs lois.

JEANNE

Voilà, gentil Dauphin, une noble pensée
Qui me console bien de ma peine passée.

De mes célestes voix le grand commandement
Est accompli déjà; Jésus veut maintenant
Que votre tète auguste à Reims soit couronnée;
De la cérémonie l'heure est enfin sonnée.   250

Demain, la France entière acclamera son roi.
La couronne qu'a prise Henri Six est sans droit :
Il est roi d'Angleterre, il n'est pas roi de France.
C'est ainsi, je le sais, que veut la Providence.
Vous êtes vraiment. Sire, et soyez-en certain,
En vrai fils de Capet et de Louis le Saint,
Le légitime roi du royaume de France.
Mais c'est après le sacre, à Reims, suivant l'usance,
Après que l'huile sainte aura baisé vos yeux,
Que vous serez nommé le Lieutenant de Dieu.   260

(Elle se jette à genoux et prie.)

« O Dieu saint, vous avez exaucé ma prière !
Du plus profond du cœur et de mon âme entière,
Je vous dis et redis : Merci !... Merci ! mon Dieu !
Comme vous êtes bon, miséricordieux !
Je pleure, vous voyez, mais je pleure de joie
— Douces larmes, ô mon Dieu ! que Votre Esprit m'envoie —
« Jeanne, m'avez-vous dit, donne-moi pur ton cœur ! »
Et vous l'avez, Jésus, inondé de bonheur.
J'ai prié pour mon roi, j'ai prié pour la France :
Tous deux je les unis dans un amour immense...   270
Ah ! maintenant, Seigneur, son front est radieux,
Un intense plaisir illumine ses yeux.
Il a beaucoup souffert et connu la misère :
Satan et les Anglais, et son infâme mère,
De Bourgogne avaient fait leur plus fidèle ami
Pour distiller le doute en son cœur endormi.

Mais, pour le raffermir, vous m'avez envoyée :
Grâce à vous j'ai guéri son âme dévoyée.
Se fiant à mes voix, l'armée qu'il m'accordait
A sauvé Orléans, triomphé à Patay,   280
Reconquis Troyes, Châlons, sans compter maint village.
Enfin, pour terminer ce splendide voyage,
Nous pénétrons à Reims, où, poussés par la foi,
Nous allons voir demain couronner notre roi !...
Veuillez bénir, ô Dieu ! le nouveau roi de France !
Guidez-le par la main ! Donnez-lui l'espérance !
Rendez-le partout et toujours victorieux,
Roi d'un peuple fidèle, honnête et glorieux !
Enfin, pour résumer la prière que Jeanne
Adresse au Tout-Puissant et de toute son âme,   290
Puisse-t-il être, ô Dieu, digne de ses aïeux,
Grand comme Charlemagne et tel Louis, pieux ! »

CHARLES, *relevant Jeanne et lui prenant les mains*

Que Dieu t'entende; ô Jeanne, ô ma libératrice !
Toi qui, de mon armée impie, blasphématrice,
Sus en faire une sainte[1] honorée, enfin, bref,
Digne sur tous les points de son très noble chef.
De même que Louis, par son beau caractère,
A illustré son temps, son pays et la terre,
De même tu seras de mon règne l'honneur
Et des siècles futurs bénie avec ferveur.   300

[1] Voir note de la page 28.

SCÈNE II

A Reims, le soir de la cérémonie du sacre, le 17 juillet 1429

DUNOIS, bâtard d'Orléans, LA HIRE

DUNOIS

Je viens d'assister à une cérémonie
Qui n'a été qu'une divine symphonie.
Jamais je n'oublierai ce spectacle imposant,
Dussé-je, vaillant La Hire, vivre cent ans.
C'est le plus beau jour de toute notre carrière,
Ce sera le plus beau de notre vie entière.
Nous avons fait pourtant toujours notre devoir
Et servi notre roi de tout notre pouvoir.
    Vous, La Hire, voici maintenant onze années
Qu'avant de combattre en ces heures fortunées,   310
Vous vous illustriez au siège de Coucy.
Puis vous fûtes à Jargeau, Patay, Beaugency.
Moi je battis Warwick, Suffolk, Jean de la Pole ;
De Crevant et Verneuil[1] Montargis[2] me console.
Ils étaient trois mille et nous étions seize cents.
Comme vous, j'ai pris part au siège d'Orléans.
Avec Jeanne, depuis, nous connûmes la gloire,
Car notre armée marchait de victoire en victoire.

LA HIRE

Oui, sans doute, Dunois. la vie de bons soldats
Que tous deux nous avons, au milieu des combats,   320
Jusqu'à présent menée, est bien récompensée.

---

[1] Victoires remportées par les Anglo-Bourguignons, les 1er juillet 1423 et 17 août 1424 (voir page 6, note 1).

[2] Le siège de Montargis où s'illustrèrent Dunois et La Hire eut lieu le 5 septembre 1427.

J'approuve absolument votre juste pensée.

Ainsi qu'a remarqué cette Jeanne au grand cœur,

Nous fûmes avec elle aujourd'hui à l'honneur,

Comme elle après avoir connu plus d'une peine.

Jésus, d'ailleurs, a dit[1] : « Qui avec larmes sème,

Avec chants de triomphe un jour moissonnera. »

Quand ce jour, disions-nous, enfin arrivera ?

Il est venu, pourtant : aujourd'hui même, à Reims,

Nous avons vu, Dunois, couronner notre Prince.   330

DUNOIS

Bien qu'on s'y préparât depuis hier seulement,

Ce fut un vrai succès que ce couronnement.

Non, jamais je ne vis une telle merveille !

Même je ne crois pas qu'on en pût voir pareille.

Les vêtements royaux étant à Saint-Denis,

Celui qu'avait le roi fut fait dans le pays.

    Charles Sept désigna Saint-Sévère, Graville,

Culan, Boussac et Rais, pour quérir la sainte huile

Auprès de son gardien, l'abbé de Saint-Rémi.

Avec solennité, celui-ci la remit   340

A Monseigneur Regnault, crosse en main, mître en tête,

Fier de ses fonctions en ce beau jour de fête.

Des seigneurs à cheval escortaient Monseigneur

Et mirent pied à terre en entrant au saint chœur.

    La fête commença ce matin à neuf heures,

Et, bien qu'elle ait duré plus de cinq grandes heures,

Je pense qu'elle a dû paraître courte à tous,

Tant les cœurs étaient pleins de sentiments bien doux.

Les pairs de France étaient présents, selon l'usage :

Georges de la Trémoille, au soucieux visage ;   350

---

[1] On peut s'étonner d'entendre La Hire, connu par ses intempérances de langage,
citer l'Evangile. Mais il ne faut pas oublier que Jeanne avait sanctifié l'armée et
exercé sur tous un tel ascendant que La Hire avait perdu son habitude de jurer et
de blasphémer voir note 2 de la page 7 et vers 294 à 296.

JEANNE D'ARC AU SACRE DE REIMS, PAR MERCIÉ (SALON DE 1906)

André, Guy de Laval, le duc Jean d'Alençon,
Le comte de Vendôme et celui de Clermont;
Ces seigneurs représentaient les six pairs laïques.
A côté d'eux siégeaient les pairs ecclésiastiques :
L'archevêque de Reims, l'évêque de Châlons,
Et le troisième était l'évêque duc de Laon.
Sire d'Albret portait l'épée de connétable.
Quand le roi eut prêté ce serment admirable,
Il fut fait chevalier par le duc d'Alençon
Puis reçut saintement la divine onction.   360
Monseigneur lui mit la couronne sur la tête.
La foule, ivre de joie, s'écriait à tue-tête :
« Noël! Noël! Noël! Vive ! Vive le Roi! »
Les trompettes sonnaient; tout était en émoi.
    Or, pendant tout le temps que dura cette fête,
A côté de son roi, portant bien haut la tête,
Se tenait la Pucelle, étendard à la main.
Quand Charles fut sacré de la part du Dieu saint,
Jeanne, se prosternant, pleura à chaudes larmes,
Puis, s'adressant au roi : « Grâce à nos saintes armes,   370
Dit-elle fièrement et à très haute voix,
Vous êtes aujourd'hui, Sire, enfin vraiment roi !
La coupe de bonheur est aujourd'hui remplie.
La volonté de Dieu est enfin accomplie :
Dieu voulait que dans Reims, dans sa sainte cité,
Vous veniez recevoir l'huile de sainteté.
Vous êtes maintenant le vrai roi de la France,
Le Lieutenant de Dieu ! Veuille la Providence
Exaucer la prière adressée en les cieux,
Par Jésus, par les saints, par vos nobles aïeux,   380
Qu'Il bénisse son Oint! » Ainsi dit la Pucelle.
Et la joie la plus pure, en son âme si belle,
Éclatait et brillait dans ses yeux qui pleuraient.
Et tous, grands et petits, ivres de joie, chantaient...
    Le roi releva Jeanne et la prit par la main,

Lui parla à voix basse, et voici que, soudain,
Je vis, chose admirable, oui, je le vis, La Hire,
A la face du peuple empoigné, en délire,
Entourer de ses bras le cou de son sauveur,
Et de toute sa force, et de tout son grand cœur,   390
En lui criant : « Merci! » embrasser la Pucelle,
Et la foule acclamait la chère jouvencelle…
    Jeanne méritait bien ce chaud remerciement :
Sans elle, où serions-nous, en effet, maintenant ?
Quelque soit la valeur de sa vaillante armée,
La France était battue, hélas ! et destinée
A tomber aux Anglais : Dieu nous eut en pitié :
Pour témoigner au roi sa puissante amitié,
Il envoya Sa Vierge au secours de la France.
Jeanne seule est l'auteur de notre délivrance.   400

SCENE III

*Chez La Trémoille, à Sully-sur-Loire, dans les premiers jours
d'avril 1450*

CHARLES VII, JEANNE D'ARC, LA TRÉMOILLE, GAUCOURT

JEANNE

Avez-vous, Sire, pris une décision,
Ou, pour triompher de votre hésitation,
Dois-je une fois encore vous dire mes pensées,
Que, bien souvent déjà, je vous ai exposées ?
    Le mois qui a suivi votre couronnement
Fut des mieux employés, et c'est malaisément
Qu'on peut en moins de temps faire plus de besogne.
    Le jour même du sacre, au « bon » duc de Bourgogne,
Je demandai par lettre écrite de ma main[1]

---

[1] Ou plutôt dictée par elle, car Jeanne ne savait ni lire ni écrire (voir acte III,
scène II, vers 890).

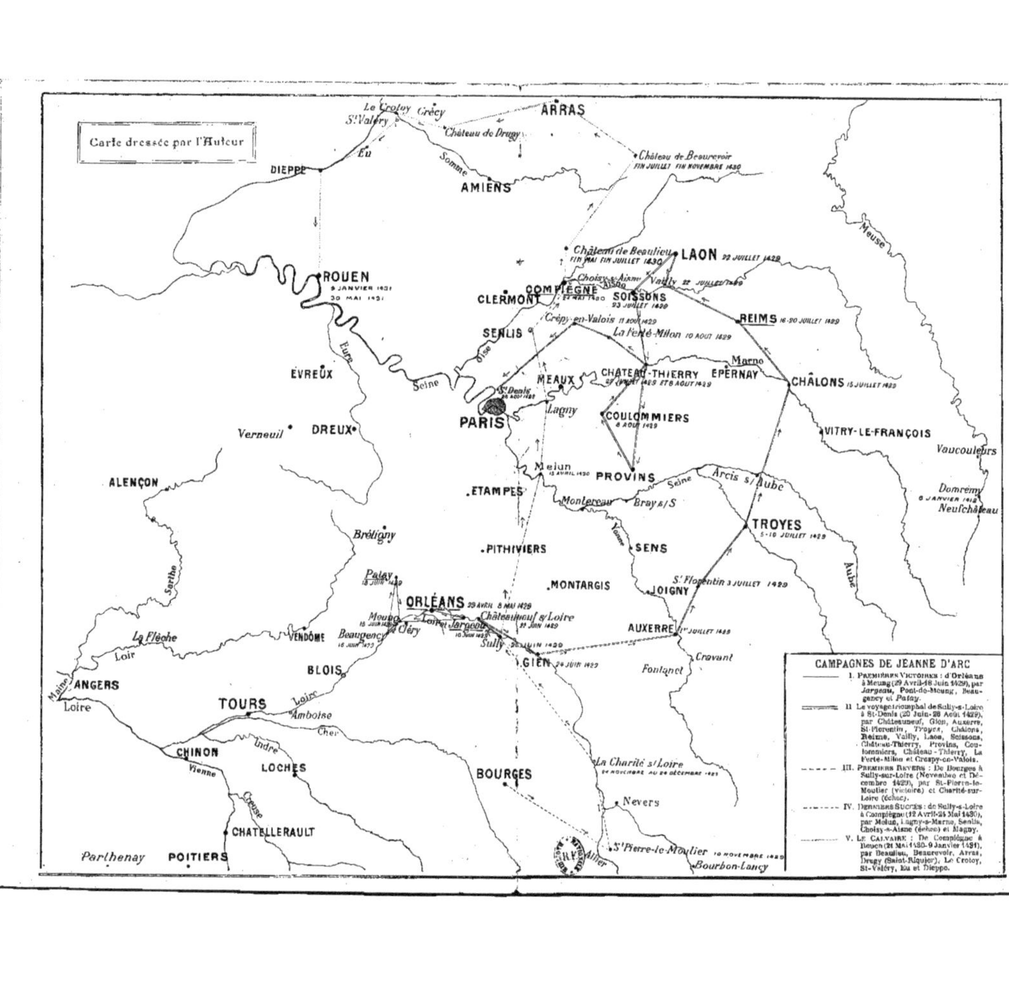

Carte dressée par l'Auteur
Le Crotoy
Grécy
St Valéry
Château de Drugy
Eu
Somme
DIEPPE
ARRAS
AMIENS
Château de Beaurevoir
FIN JUILLET FIN NOVEMBRE 1430
Château de Beaulieu
FIN MAI FIN JUILLET 1430
LAON 22 JUILLET 1429
ROUEN
9 JANVIER 1431
30 MAI 1431
Choisy-s-Aisne
Vailly 22 JUILLET 1429
CLERMONT
COMPIÈGNE
SOISSONS
23 JUILLET 1429
REIMS 16-20 JUILLET 1429
Crépy-en-Valois 11 AOUT 1429
SENLIS
La Ferté-Milon 10 AOUT 1429
Marne
ÉVREUX
Seine
Eure
MEAUX
CHÂTEAU-THIERRY
ÉPERNAY
CHÂLONS 15 JUILLET 1429
St Denis
26 AOUT 1429
Lagny
COULOMMIERS
6 AOUT 1429
VITRY-LE-FRANÇOIS
PARIS
Vaucouleurs
Verneuil
DREUX
Melun
16 AVRIL 1430
PROVINS
Seine
Arcis s/ Aube
Domrémy
6 JANVIER 1412
Neufchâteau
ALENÇON
ÉTAMPES
Montereau
Bray s/S
Aube
Brétigny
PITHIVIERS
SENS
TROYES
5-10 JUILLET 1429
Sarthe
Patay
18 JUIN 1429
MONTARGIS
St Florentin 3 JUILLET 1429
JOIGNY
La Flèche
Loir
ORLÉANS 29 AVRIL 8 MAI 1429
Meung
15 JUIN 1429
Clèry
Loiret
Jargeau
10 JUIN 1429
Châteauneuf s/Loire
11 JUIN 1429
AUXERRE 1er JUILLET 1429
Crevant
Beaugency
16 JUIN 1429
Sully 30 JUIN 1429
VENDÔME
Maine
Loire
BLOIS
GIEN 24 JUIN 1429
Fontanet
ANGERS
Loire
TOURS
Amboise
Cher
La Charité s/Loire
24 NOVEMBRE AU 24 DÉCEMBRE 1429
CHINON
Indre
LOCHES
Vienne
BOURGES
Creuse
Nevers
CHATELLERAULT
St Pierre-le-Moutier 10 NOVEMBRE 1429
Parthenay
POITIERS
Bourbon-Lancy
Meuse
Yonne
Allier

CAMPAGNES DE JEANNE D'ARC
I. PREMIÈRES VICTOIRES : d'Orléans à Meung (29 Avril-18 Juin 1429), par Jargeau, Pont-de-Meung, Beaugency et Patay.
II. Le voyage triomphal de Sully-s-Loire à St-Denis (20 Juin-26 Août 1429), par Châteauneuf, Gien, Auxerre, St-Florentin, Troyes, Châlons, Reims, Vailly, Laon, Soissons, Château-Thierry, Provins, Coulommiers, Château-Thierry, La Ferté-Milon et Crespy-en-Valois.
III. PREMIERS REVERS : De Bourges à Sully-sur-Loire (Novembre et Décembre 1429), par St-Pierre-le-Moutier (victoire) et Charité-sur-Loire (échec).
IV. DERNIERS SUCCÈS : de Sully-s-Loire à Compiègne (12 Avril-24 Mai 1430), par Melun, Lagny-s-Marne, Senlis, Choisy-s-Aisne (échec) et Magny.
V. LE CALVAIRE : De Compiègne à Rouen (24 Mai 1430-9 Janvier 1431), par Beaulieu, Beaurevoir, Arras, Drugy (Saint-Riquier), Le Crotoy, St-Valéry, Eu et Dieppe.

Qu'il fît enfin la paix avec son souverain.　　　410
　　J'eus, Sire, le bonheur de pouvoir vous convaincre
De marcher sur Paris ; et la gloire de vaincre,
Malgré vos conseillers à l'esprit trop étroit,
Sut triompher d'un cœur comme le vôtre droit.
　　Pour suivre les pratiques traditionnelles,
A Saint-Marcoul vous touchâtes les écrouelles.
　　Dès le vingt-deux juillet, à Vailly, puis à Laon
Votre armée pénétra ; le lendemain, allant
A Provins par Soissons, nous pûmes mettre en fuite
Bedford et Gloucester, et dix-mille à leur suite,　　420
Qui, en plein désarroi, regagnèrent Paris.
　　Votre conseil crut bon — Dunois en fut marri —
De vous mener à Gien ; il fallait, au contraire,
A l'influence anglaise essayer de soustraire
Bourgogne qui venait — ô favorable indice —
De conclure avec vous un trop court armistice.
　　Nous partîmes de Bray, et, toujours acclamée,
Par Provins, Coulomniers, notre petite armée
Occupa Château-Thierry[1], la Ferté-Milon[2],
Et Crespy-en-Valois[3], ce qui ne fut pas long.　　430
　　Tandis que vous restiez à Senlis, immobile,
Je campe à Saint-Denis[4]. Bedford, à l'âme vile,
Semble désespéré, Sire ; à son souverain,
Il se résigne à ne plus laisser d'autre bien,
Que, dans tout le pays, la seule Normandie.
Pour faire respecter l'Ile et la Picardie,
Bedford s'en remettait à son brave allié :
Le sort des Anglais à Philippe était lié.
En France, Henri n'avait donc plus d'autre cheville
Que celle qui fut le berceau de sa famille.　　440
　　Nous tenions la victoire et semblions enfin
Atteindre notre but, et même voir la fin

---

[1] 8 août 1429 ; [2] 10 août ; [3] 11 août ; [4] 26 août ; [5] L'Ile de France.

De ces combats sanglants, de cette longue guerre,
Qu'hélas! depuis cent ans, la France et l'Angleterre
Font, pour le grand malheur des populations.
  Alençon surmonta vos hésitations.
Ce jour-là, l'ennemi douta de la fortune :
Vous sûtes profiter de cette heure opportune.
Le cinq septembre enfin vous quittâtes Senlis ;
Moins de deux jours après, nos chères fleurs de lys   450
Faisaient à Saint-Denis leur entrée triomphale :
Tous vous voyaient déjà dans votre capitale.
  Du peuple de Paris pour mettre fin aux maux,
Porte Saint-Honoré, je commandai l'assaut.
Mais un trait transperça le pied de la Pucelle
Qu'Alençon et Gaucourt traînent à la Chapelle.
Sur la Seine le duc Jean fit ,eter un pont :
Je comptais m'en servir, mais, hélas! trahison!
J'apprends que vous avez ordonné de le rompre...
Ma vie connut déjà plus d'un moment bien sombre ;   460
Des épreuves, des maux envoyés par le Ciel
Ont affligé mon cœur, l'ont abreuvé de fiel.
Mais je ne vis jamais pareille ignominie.
Elle est bien sans excuse, et c'est une infamie
Que d'avoir lâchement ainsi abandonné
Le rôle qu'à jouer Dieu vous avait donné.
En son roi bien aimé, tout le peuple de France
Avait placé sa foi et mis sa confiance.
L'armée avait fait des prodiges de valeur ;
La victoire avait, Sire, enflammé notre cœur ..   470
Non, je ne pensais pas qu'en cette circonstance
Ainsi pouvait agir Charles Sept roi de France.

CHARLES

Je ne comprends que trop tout ton ressentiment,
Et m'explique aisément ton découragement
A me voir profiter si mal de ma victoire,

A donner le signal du retour sur la Loire.
Toi, au moins, tu avais sur mon honneur veillé !
Hélas ! je fus alors vraiment mal conseillé :
La Trémoille et Regnault, oui, en cette occurrence,
Ont trahi les sacrés intérêts de la France.   480

LA TRÉMOILLE

Sire, dût mon discours vous sembler superflu,
Bien que les Écorcheurs. aujourd'hui, ne soient plus.
Il n'y a pas longtemps que, dans Paris, Caboche [1]
Était maître absolu. Ainsi, votre reproche,
Je ne puis l'accepter. Il était donc plus sage
De ne pas trop compter sur le fidèle hommage
De Paris, au pouvoir des Anglo-Bourguignons ;
Aussi valait-il mieux que nous restreignions
Notre champ d'action au bassin de la Loire :
Et tel fut, du Conseil, l'avis invitatoire.   490

GAUCOURT

Ah ! comment La Trémoille, ah ! comment pouvez-vous
Soutenir cette thèse ? Oui, comment oser nous
Prétendre que c'était l'intérêt de la France ?
Afin d'accomplir la complète délivrance,
Il fallait écouter l'amie de notre roi,
Avoir, comme l'armée, en elle entière foi :
De la Loire, il fallait, jusqu'aux bords de la Seine,
Rejeter les Anglais, profitant de la haine
Qu'ils inspirent partout à cette nation
Dont le patriotisme eût fait explosion.   500
Nous aurions pu alors les jeter sur la Manche
Et prendre d'Azincourt une belle revanche.

---

[1] Le boucher Caboche, partisan du duc de Bourgogne Jean sans Peur, s'était mis en 1410 à la tête de la population de Paris et s'était emparé de la Bastille et du palais du roi. Les Cabochiens ou « Écorcheurs » mirent à mort le prévôt de Paris et obligèrent le Dauphin à publier l'ordonnance dite « cabochienne » pour la réforme de l'État. Une réaction s'étant produite, l'ordre régna de nouveau.

Cette bonne tactique est, je crains, pour toujours
Abandonnée, hélas ! sans espoir de recours.
Mais, Sire, vous avez, dans quel but ? je l'ignore,
Préféré reculer, ce qui vous déshonore.

JEANNE

Vous dites vrai, Gaucourt, nos affaires vont mal :
Le comte de Clermont, lieutenant général
De Senlis, doit bientôt abandonner la place,
Et sans succès, hélas ! Vendôme le remplace :   510
Saint-Denis, qu'il tenait, venait de succomber
    Sire ! Dans quelle erreur vous avez pu tomber !
Comment avez-vous pu ordonner la retraite ?
Voyez-en les effets, méditez la défaite :
Saint-Denis est perdu, sans doute pour toujours,
Votre armée redevient celle des anciens jours :
Elle qui, autrefois, se montrait sainte et sage,
La voici qui commet actes de brigandage ;
Or, c'est chose qu'il faut à tout prix arrêter !
    Cependant que Philippe, en Flandre va fêter   520
Son mariage avec la princesse Isabelle[1],
Vous vous rendez à Gien, où rien ne vous appelle,
Et là, à court d'argent, vous renvoyez — Dieu saint ! —
L'armée qui, d'Orléans, vous conduisit à Reims,
Armée sans discipline, hélas ! sans retenue,
Elle qui en si grande estime était tenue...
Puis pour la Normandie nous quitte d'Alençon :
De son départ hâtif il donne pour raison
Qu'il doit de ses vassaux recevoir les hommages
Ainsi que recouvrer ses riches apanages[2].   530
Sans armée, aux méchants le pays est livré.

---

[1] Isabelle de Portugal.

[2] Le duc d'Alençon demande à Charles VII la permission d'emmener Jeanne ;
mais le roi la lui refusa, sur le conseil de La Trémoille qui désirait conserver
auprès de lui la Pucelle pour mieux la surveiller.

Croyez-vous donc, vraiment, que Dieu ait délivré
Orléans, Troyes et Reims, vous prodiguant ses grâces,
Pour en arriver là ! Je crains qu'Il ne se lasse :
Il peut vous retirer sa bénédiction
— Et déjà s'accomplit cette prédiction —
Si, de ses grands bienfaits, de sa faveur insigne,
Vous ne vous montrez pas, à l'avenir, plus digne.
Sans doute, vous m'avez décerné maint honneur,
Vous avez envers moi fait preuve d'un bon cœur :   540
Des impôts vous avez exempté mon village,
Anobli ma famille. Ah ! c'est votre courage !...
Dieu ! qu'elle m'exaspère cette inaction !...
Vous semblez croire que la situation
Est vraiment sans issue : En Poitou, en Touraine,
Vous errez avec moi ainsi qu'une âme en peine.
Pourtant, mes chères voix, qui n'ont jamais menti.
M'annoncent que bientôt l'Anglais sera parti

La Trémoille

Jeanne, j'ai pour toi une pitié profonde.
On pourrait bien aller à dix lieues à la ronde,   550
On ne trouverait pas un cœur comme le tien.
Une âme aussi tenace, un esprit si peu sain.
De ton départ de Bourge[1], as-tu la souvenance ?
Nous te voyions alors, pleine d'impatience.
Tu t'emparas, je sais, de Pierre de Moutier[2],
Mais ton astre brillant pâlissait à moitié,
Car ce fut bien, hélas ! ta dernière victoire,
Puisque tu fus battue à Charité-sur-Loire[3].
Je crois qu'ils sont finis tes beaux jours glorieux :

---

[1] Fin octobre 1429.

[2] C'est au siège de Saint-Pierre-de-Moutier que Jeanne fut sauvée par son écuyer, Jean d'Aulon.

[3] Le siège de Charité-sur-Loire, où Jeanne et le maréchal de Boussac déployèrent une vaillance qui ne fut pas récompensée, commença le 24 novembre 1429 et dura un mois. La ville se rendit spontanément au roi le 11 janvier 1430.

Ils ne reviendront plus. Fais-leur tes adieux ! 560

JEANNE

Ah ! Ne croyez pas, Sire, à ce fâcheux augure :
Votre couronnement, au contraire, inaugure
Un cycle tout nouveau et de gloire et d'honneur :
Si d'écouter mes voix vous avez le bonheur,
Dans la postérité grand sera votre règne.
Je puis dire vraiment que mon pauvre cœur saigne
Quand j'entends ces discours. Ne les écoutez pas !
Dieu vous montre la voie : engagez-y vos pas,
Si dure qu'elle soit, ou mieux, qu'elle semble être.
Demandez, Sire, à Dieu de raffermir votre être, 570
Qu'à l'épreuve envoyée Il veuille mettre fin.
Ayez en votre cœur la foi, l'amour divin,
Et reprenez courage ! Oui. espérez quand même !
Le Ciel vous aidera, mais aidez-vous vous-même.

CHARLES

Volontiers, je souscris, Jeanne, à ce que tu dis.
J'avais perdu la foi et me croyais maudit,
Mais tu viens d'affermir mon âme chancelante.
Résignée, à regret, tant elle est hésitante,
A ne plus croire en rien : tu as pu triompher
De ma molle apathie que tu sus réchauffer. 580
  Vendôme est à Senlis, Clermont en Picardie,
Et le duc d'Alençon chez lui. en Normandie.
Tu vois que je n'ai plus personne sous la main.
Mais, Jeanne, si tu veux tenter un coup de main,
Je t'y autorise et te donne carte blanche
Pour repousser l'Anglais et prendre ta revanche.

JEANNE

Sire, je ne saurai vous dire assez merci.
Oui, nous devons lutter sans trêve et sans merci,

JEANNE D'ARC EN PRIÈRE. — TABLEAU DE FLANDRIN (SALON DE 1901)

Jusqu'au bout. Dieu le veut ! Dès demain je vous quitte :
Il faut un prompt départ à mon cœur qui s'agite.   590
   Je sais que de Melun le loyal habitant
Aspire à repousser l'ennemi triomphant,
A reconnaître enfin l'autorité royale.
Devant Compiègne, hélas ! Philippe, sans morale,
Tient à mettre le siège ; à Compiègne j'irai,
Comme partout où le devoir m'appellerait.

CHARLES

Qu'il en soit donc ainsi et que Dieu t'accompagne,
Le Dieu de Saint-Louis, le Dieu de Charlemagne,
Mais s'Il veut qu'un malheur t'arrive, ô mon Sauveur !
Dans le ciel, pour ton roi, tu prieras le Seigneur.   600

FIN DU DEUXIÈME ACTE

TROISIÈME ACTE

SCÈNE PREMIÈRE

A Sully-sur-Loire, en février 1430

CHARLES VII, LA TRÉMOILLE, GAUCOURT

GAUCOURT

Depuis le mois de mars, un grand évènement
Tragique et déplorable a, Sire, gravement
Compromis votre cause et ébranlé la France :
Maintenant nous avons tous perdu confiance.
 Quand Jeanne nous quitta, il y onze mois,
Pour entrer à Melun, nous sûmes que ses voix
Lui disaient que bientôt elle serait captive.
Son cœur reste le même et, jamais inactive,
Elle entre coup sur coup à Lagny et Senlis.
Nous pouvions espérer qu'alors nos fleurs de lys
Allaient enfin partout imposer leur égide.
Mais le duc de Bourgogne, agissant en perfide,
Quittant sa cour, sa femme et ses divers plaisirs,
Fait route sur Compiègne, objet de ses désirs ;
Près de Choisy-sur-Aisne, il rencontre et bat Jeanne.
A Crespy-en-Valois, le désespoir dans l'âme,
Elle, alors, se retire. Hélas! de même font
Et Vendôme et Regnault : à Senlis ils s'en vont.
Puis Luxembourg rendit facile la besogne

De son maître, le duc Philippe de Bourgogne,   620
En achetant Soissons à l'infâme Bonnel.
Quand Philippe eut rejoint Stafford et d'Arundel,
La situation semblait alors tendue,
Mais ne pouvait pas être, avec Jeanne, perdue.
  Le vingt-quatre mai, Sire, à Compiègne assiégé,
Jeanne, au soleil levant, entre d'un cœur léger.
Pour enlever Magny, elle en sort à cinq heures.
Flavy, qui commandait les troupes intérieures,
Fait fermer chaque porte, à part celle du pont.
Alors Jeanne des mains de l'âpre Bourguignon,   630
Avec six cents guerriers arrache ce village.
Mais voici que Flavy — ô désespoir ! ô rage ! —
Voyant qu'une panique affolait nos soldats,
Du pont ferme la porte. Alors — les scélérats ! —
Anglais et Bourguignons, comme sur une proie,
Sur Jeanne épouvantée se jettent, fous de joie.
Wandomme, lieutenant de Jean de Luxembourg,
La voyant sans défense, alors vers elle accourt,
L'arrache de cheval, l'emmène prisonnière.
Brûlant de voir enfin sa terrible adversaire,   640
Bourgogne vers Magny se hâte tout joyeux :
Une surprise extrême éclate dans ses yeux.
De tous côtés, en France aussi bien qu'à Bruxelles,
Pour annoncer à tous cette grande nouvelle,
Il envoie des commis. Les Anglais exultaient.
Quant aux pauvres Français, les uns se lamentaient,
D'autres étaient frappés d'une stupeur profonde ;
Une vive douleur affligeait tout le monde.
Un grand deuil fut prescrit par la ville de Tours.
Le pays n'a jamais connu plus tristes jours.   650
Chacun se demandait pourquoi le Dieu tout juste
Envoyait à la France épreuve aussi injuste :
Car chacun, jeune ou vieux, hommes, femmes, enfants,
Qu'il fût ou riche ou pauvre, ignorant ou savant,

Avait pour la Pucelle amour et confiance :
En elle tous voyaient le salut de la France.
  Seul, vous n'avez point, Sire, en cette occasion,
Pris la moindre part au deuil de la nation :
Votre cœur paraissait n'avoir plus souvenance
De ce que Jeanne a fait pour votre délivrance.   660
Or, vous lui devez tout : victoire et sacre à Reims.
Est-ce ainsi que devait agir le souverain ?
Je ne saurais cacher combien votre attitude,
Sire, qui reflétait si peu de gratitude,
A déçu vos sujets, qui espéraient en vous.
Tel est le sentiment qui s'empara de nous.

CHARLES

Tu n'as que trop raison : en cette circonstance,
Ma conduite fut peu celle d'un roi de France.
Je fus lâche et ingrat, infâme, j'en conviens.
Mais pour délivrer Jeanne, hélas ! je ne pus rien :   670
J'avais licencié le gros de mon armée ;
Mon trésor était vide et la France affamée ;
Mes meilleurs officiers m'avaient abandonné,
C'est pourquoi La Trémoille et Regnault m'ont donné
Le conseil de ne pas intervenir pour Jeanne.

GAUCOURT

Sire, un tel sentiment n'est pas d'une belle âme.
Le peuple, en votre cause, avait entière foi ;
L'armée aurait marché sur un ordre du roi ;
La question de solde était sans importance :
Du moment, en effet, que, dans toute la France,   680
De Jeanne on déplorait le sort si malheureux,
Que pour elle chacun brûlait un cierge à Dieu.
Vous n'aviez, croyez-le, soyez-en certain, Sire,
Qu'un seul signe à donner et qu'un seul mot à dire,
Pour que tous vos soldats, que tous vos officiers,

Volassent au secours de leur chef prisonnier.
Mais l'armée n'aime pas faire des coups de force ;
Aimant l'autorité, toujours elle s'efforce
De conserver l'esprit de discipline intact
Ainsi que d'éviter tout dangereux contact.   690
Cet esprit est fort bon, mais, néanmoins, j'estime
Qu'il est telle occurrence où il est légitime
De suivre l'opinion et faire son devoir,
Seraient-ils opposés au suprème Pouvoir.
Je regrette vraiment qu'apprenant la nouvelle
Du grave échec qu'avait essuyé la Pucelle,
Notre armée, animée par un beau zèle ardent,
N'ait couru sur l'Anglais, même sans mandement,
Alors même qu'elle eût reçu l'ordre contraire ;
Mais elle n'a pas pu ou pas voulu le faire.   700

CHARLES

Combien de fois, Gaucourt, à Jeanne ai-je songé !..
Je crains que l'ennemi ne tienne à se venger
De celle qui, longtemps, leur fit un tel dommage
Peut-être bien aussi pensera-t-il plus sage
De la restituer contre forte rançon :
N'est-ce pas ce qu'il fit pour le duc d'Alençon ?
S'il en était ainsi, la nation entière,
Pour pouvoir délivrer l'héroïque guerrière,
Fera un sacrifice et paiera ce qu'il faut ;
Ce sera, de sa part, aussi juste que beau.   710

GAUCOURT

Puisque vous m'exprimez le désir légitime
De connaître le sort de la Vierge sublime,
Je reprends mon récit : Jeanne, que nul secourt,
Par Wandomme est remise à Jean de Luxembourg,
Luxembourg, de Philippe, était le lieutenant.
C'était l'occasion ou jamais maintenant,

Pour le duc bourguignon, qui se vantait sans cesse
D'être un vrai chevalier, de montrer la noblesse
D'un galant homme qui agit sans passion.
En conséquence, il fit mettre Jeanne en rançon.   720
Mais c'était chose que Bedford n'admettait guère.
Il jura de la perdre, en fit une sorcière.
Il chargea donc Cauchon, évêque de Beauvais,
D'instruire ce procès dans un esprit mauvais
Sire, vous connaissez ce prélat vil, infâme ;
Pas un de vos sujets ne possède telle âme :
Égoïste, cruel, perfide, ambitieux,
Devoué à Philippe, il n'a eu d'autre jeu
— Lors du traité de Troyes, il fut, cet homme inepte,
Du joug de l'Étranger le plus fervent adepte —   730
Que de livrer la France aux mains de l'ennemi :
Bourgogne et les Anglais n'ont pas meilleur ami.

Luxembourg envoya Jeanne, sous bonne escorte,
Au château de Beaulieu, petite place forte
Qui lui appartenait, Sire, en plein Vermandois.
L'héroïque guerrière y resta deux longs mois[1],
Mais celle qui sera l'honneur de votre règne
Brûle de retourner au secours de Compiègne
Et tente de s'enfuir ; on la transfère alors
Au fort de Beaurevoir[2], d'un difficile abord.   740
Elle avait, il est vrai, engagé sa parole,
Et semblait pour son roi n'être plus une idole
Par deux fois à Philppe[3] il fut sollicité
De donner le procès à l'Université.
Cauchon insiste aussi pour qu'en la capitale
Jeanne soit envoyée, et — demande fatale !... —
Pour dix mille francs en or qu'on devait obtenir

---

[1] De fin mai à fin juillet 1430.

[2] En Vermandois, sur les limites du Cambrésis.

[3] Le 26 mai et le 14 juillet 1430, l'Université de Paris demanda que Jeanne fut
jugée à Paris ; la demande fut appuyée par Cauchon auprès du duc de Bourgogne.

JEANNE D'ARC PRISONNIÈRE, PAR BARRIAS (BON-SECOURS, ROUEN)

Par un impôt spécial dans un proche avenir[1],
Au nom du roi anglais, cet être sans vergogne
Propose d'acheter Jeanne au duc de Bourgogne   750
  Malgré ses voix, qui lui prêchaient soumission,
Jeanne, qui ne pouvait supporter sa prison.
Saute par la fenêtre et reste évanouie.
Mais bientôt lui parvient la nouvelle inouïe :
La délivrance de Compiègne[2] ; un tel succès
Atténue en son cœur l'angoisse du procès.
  A peine un mois après la prise de Compiègne
Fut conclu le marché[3], honte de votre règne.
Alors commença de Jeanne la passion.
  Au Crotoy, les Anglais prirent possession   760
De celle qui, toujours de corps et d'esprit saine,
Avait lutté contre eux avec gloire et sans haine.
Jeanne alors fut conduite en prison à Rouen,
Dans la tour du château, non loin de Saint-Ouen,
Pieds et mains enchaînés. Puis l'évèque peu digne
D'instruire ce procès de la justice indigne
Aussitôt s'occupa. Il nomma promoteur
Un homme qui montra pour Jeanne un vilain cœur :
Son ami d'Estivet, de Bayeux le chanoine :
Il était malaisé de trouver pire moine.   770
  Le neuf janvier, date du choix du promoteur,
Il institua tribunal et assesseurs ;
Mais ceux-ci n'avaient droit qu'à voix consultative.
Tous étaient d'accord pour condamner la captive.
Pour donner à sa cause ombre d'autorité,
Cauchon fit appel à notre Université.
Il est vrai qu'il pouvait, en cette circonstance,
De tout homme d'Église exiger l'assistance.

---

[1] Cet impôt fut levé par Bedford sur la Normandie.

[2] Compiègne fut délivré le 24 octobre 1430, par Louis de Bourbon, comte de Vendôme.

[3] Le 21 novembre 1430.

L'orgueil de nos docteurs fut ainsi satisfait.
Cauchon eut le grand soin d'appeler, pour ce fait,   780
Tout membre qu'il savait hostile à la Pucelle :
Tels furent Jean de Maître et Thomas de Courcelles.
Graverent, de Paris, ne voulait pas siéger ;
Menacé par Cauchon, il dut pourtant céder.
Le Maître, second juge, eut part à l'audience
Comme vicaire de l'Inquisiteur de France.
Colle, Manchon, Taquel étaient chacun greffier.
Et Jean de la Fontaine était le conseiller
Examinateur des témoins et commissaire.
Quant aux citations, Massieu devait les faire.   790

CHARLES

Tout ce que tu me dis, Gaucourt, me fend le cœur.
Je plains la pauvre Jeanne !... Ah ! quel affreux malheur ! ..
Mais je ne puis, hélas ! plus rien faire pour elle.

LA TRÉMOILLE

Sire, votre Conseil est las de la Pucelle,
Veuillez réfléchir à la situation
Et de votre trésor et de la nation.
De guerre on ne veut plus. Laissons aller les choses !

CHARLES

Qu'il en soit donc ainsi : de mon cœur tu disposes.
Toi, Gaucourt, rends-toi aujourd'hui même à Rouen :
Je compte sur toi pour me tenir au courant.   800

SCÈNE II

A Rouen, dans la prison de Jeanne, le 29 mai 1431, veille de sa mort

JEANNE, l'évêque CAUCHON, THOMAS DE COURCELLES,
JEAN LE MAITRE, Assesseurs

CAUCHON

Demain, tu vas mourir, ô fille schismatique,
Apostate et sorcière, odieuse hérétique !
Et relapse et parjure ! Oui, voilà tous les noms
Que mérite aujourd'hui la fille des démons !
Te voilà maintenant maudite aux yeux de Rome !
De ne plus, désormais, porter des habits d'homme.
Tu nous fis, souviens-toi ! le solennel serment !

JEANNE

Sur le saint nom de Dieu, je déclare qu'il ment !

       S'adressant à Cauchon :
Ce que vais te dire, au nom du Ciel, écoute :
Certes, j'avais promis, de bonne foi sans   oute,   810
De ne plus porter que des vêtements de femme.
Mais, pendant mon sommeil, un Anglais — chose infâme ! —
Emporta mes habits qui traînaient sur mon lit :
De colère et d'effroi mon cœur en fut rempli !
D'ailleurs, mes vêtements étaient ma sauvegarde :
Car les cinq qui montaient dans ma chambre la garde
Menaçaient ma vertu, et leur brutalité
Pouvait porter atteinte à ma virginité.
Je ne mérite pas votre injuste reproche.
Et puisque de ma mort, le jour, hélas ! est proche,   820
Je vous déclare à tous : vous livrez au bûcher
Un corps que nul jamais s'est permis de toucher.
Ah ! Que Dieu vous pardonne à tous votre infamie !

Malgré tout, de mon roi je resterai l'amie,
Et demain je mourrai en confessant ma foi,
En proclamant bien haut mon amour pour mon roi!
     Et puisque, maintenant, me voilà condamnée,
Laissez celle qu'hélas! vous tenez pour damnée
Vous dévoiler à tous ce qu'elle a sur le cœur.
Je crains que ce procès ne vous porte malheur!   830
     Vingt-et-un février, citée à comparaître,
Vous refusez, à l'audience, de paraître
A des ecclésiastics du parti français ;
Et vous me défendez, ce que je désirais,
Et de me confesser et d'entendre la messe.
Mon corps comme mon âme hélas! souffrent sans cesse...
     Beaupère, le docteur de l'Université,
Commença aussitôt à me persécuter
Au sujet de mes voix et de mes habits d'homme.
Je n'ouvre pas la bouche, il me presse, il me somme :   840
« Êtes-vous en état de grâce? » me dit-il.
Je répondis ainsi à cet esprit subtil :
« Si je n'y suis point, que Dieu veuille bien m'y mettre :
Par contre, si j'y suis, qu'Il veuille me permettre
De m'y maintenir ferme[1]. » On me posa ensuite
L'étrange question[2] que j'aurais cru proscrite :
« Saint-Michel est-il nu? » — « Pensez-vous, répondis-je,
Que Dieu ne puisse pas pour lui faire un prodige?
Croyez-vous qu'Il n'ait pas de quoi le revêtir? »
Puis vous me demandez : « Pourquoi donc vous vêtir,   850
Jeanne, comme un homme? Oui, l'Église estime infâme
Une telle pratique, indigne d'une femme. »
De même on me posa mainte autre question,
Leur répondant toujours sans nulle émotion.
Je vous rappellerai quelques-unes d'entre elles,

---

[1] Cette belle réponse fut faite le 24 février.
[2] Le 1ᵉʳ mars, au cours du cinquième interrogatoire public.

Car j'en ai conservé le souvenir fidèle :
« Ceux de votre parti ont-ils prié pour vous ? »[1]
— « Ils auraient bien mieux fait de prier pour vous tous.
S'ils ont prié pour moi, ce n'est point par mon ordre. »
— « Que Dieu vous envoya réparer le désordre   860
Des affaires du roi, qu'en pensent vos amis ? »[1]
— « Je m'en fie à leur cœur ; quel que soit leur avis,
Oui, je viens de par Dieu ! » — « Maintenant, pourquoi, Jeanne,
Vous baisait-on les pieds, vous, une paysanne ? »[1]
— « S'il n'eût tenu qu'à moi, peu de gens l'eussent fait ;
Mais les pauvres, de moi, n'ont reçu que bienfait. »
    Durant ce long procès nommé préparatoire,
Je dus subir quinze interrogatoires,
Dont six furent publics[2] et neuf furent secrets.[3]
C'est au cours du dernier que je vous requérais   870
De me conduire à Rome, en face du Saint-Père :
Vous ne fîtes nul cas de ma juste prière.
Puis vous me demandez : « Dieu hait-il les Anglais ? »
— « Je l'ignore, ai-je dit, mais tout ce que je sais,
C'est qu'ils seront boutés du royaume de France,
Sauf ceux qui périront, au jour de la vengeance. [4] »
— « Pourquoi votre étendard fut-il porté à Reims ? »
A quoi je répondis : « Il le fut à dessein :
Il dut être à l'honneur puisqu'il fut à la peine. [4] »
En prétendant que je ne suis pas d'esprit saine,   880
Vous pouvez en juger, vous êtes dans l'erreur.
Contre moi vous avez employé la terreur :
Car, bien que relevant de grave maladie,[5]

---

[1] Questions posées le samedi 3 mars, au dernier interrogatoire public.

[2] Du 21 février au 3 mars ;

[3] Du 10 au 17 mars.
Dans l'intervalle, Cauchon, redoutant et pour cause les débats publics, avait fait extraire des réponses de Jeanne les principaux points sur lesquels elle devait être à nouveau interrogée par des délégués spéciaux.

[4] Ces deux belles réponses furent faites au cours du dernier interrogatoire secret, le samedi 17 mars.

[5] Une très forte fièvre causée par les tortures physiques et morales que Jeanne subissait depuis quatre mois.

La torture pour moi faillit être établie. [1]
 Je pourrais rappeler bien des choses encor
Qui montreraient quelle âme habite en votre corps.
 Enfin vous avez pu remporter la victoire !
Jeudi, j'ai abjuré !... [2] Moi !... Je ne puis y croire !...
Bien que, dans son sermon, Erard bravât mon roi.
Sur l'avis de Massieu j'ai signé d'une croix.   890
Et je devais rentrer dans le sein de l'Église !
« Menez-là, dites-vous, là où vous l'avez prise !
Vous m'avez donc menti, trompée comme toujours !
Et moi qui, en prison, devais finir mes jours !
Pourtant, si j'abjurais, c'était chose entendue
Que je ne serais pas à ces Anglais rendue...
Je regrette aujourd'hui mon abjuration
Que m'ont reprochée hier, en apparition,
Mes saintes amies, Catherine et Marguerite.

UN ASSESSEUR (s'adressant à Cauchon)

Nous autres assesseurs, nous aurons le mérite 900
De vous faire observer, Monseigneur de Beauvais,
Que la formule par laquelle elle abjurait,
Dans le procès-verbal [3] par votre ordre insérée,
Était, je m'en souviens, autrement rédigée
Que celle que Jeanne avait signée d'une croix.

JEANNE

Je n'en suis pas surprise ; et, du reste, mes voix
M'ont ordonné de tout supporter sans murmure.

---

1 9 mai. Ce n'est que le 12 mai qu'on renonça à la torture après l'avis des assesseurs (11 contre 3 : Aubert Morel, Thomas de Courcelles, Nicolas Loiseleur).

2 L'abjuration eut lieu le 24 mars, au cimetière Saint-Ouen, en présence du cardinal de Winchester. Un secrétaire du grand Conseil, Laurent Callot, tira de sa manche une petite cédule où était tracée une brève abjuration que Massieu lut à haute voix.

3 Les greffiers Manchon et Taquel ont refusé de signer un procès verbal : le premier, parce qu'il n'avait pas été présent ; le second parce qu'il le jugeait d'une indigne fausseté.

J'irai à l'échafaud, demain, d'une âme pure.
De même que Jésus pardonna sur la croix
A ses méchants bourreaux, au nom de mon cher roi,   910
Du plus profond du cœur aussi je vous pardonne :
Demain je prierai Dieu que Sa grâce Il vous donne.

SCÈNE III

A Sully-sur-Loire, dans les premiers jours de juin 1431

CHARLES VII, LA TRÉMOILLE, GAUCOURT

Charles

M'apportes-tu, Gaucourt, une bonne nouvelle ?
J'ai hâte de savoir le sort de la Pucelle,
Veuille donc contenter ma curiosité :
Pour elle a-t-on toujours de l'animosité ?

Gaucourt

Sire, elle ne vit plus : les Anglais l'ont brûlée.
Jeanne, qui de la foule était comme adulée,
Est morte abandonnée et du peuple et du roi.
Sa mort fut d'une sainte : elle porta sa croix   920
Sans que jamais elle ait prononcé un murmure.
Tout le monde admirait la sainte créature.
Mais Jeanne est maintenant heureuse pour toujours.
   Son procès ne dura pas moins de cent longs jours,[1]
Et il ne fut bien qu'une infâme comédie,
Que de la justice une triste parodie.
Jeanne n'a point cessé de parler de ses voix,
Et toujours s'est montrée fidèle envers son roi.
   Voici donc quelle fut cette journée fatale

---

[1] Du 21 février au 23 mai 1431.

Où Dieu a rappelé cette âme si loyale.   930
Elle communia, deux fois se confessa,[1]
D'appartenir au monde alors elle cessa.
Cent vingt Anglais armés escortaient notre amie
Jusques au Vieux Marché, scène de l'infamie.
Quatre échafauds étaient, sur la place, érigés :
L'un pour Winchester, Sire, et tout le haut clergé ;
L'autre pour Bouteiller, le bailli de la ville ;
Un autre pour Midi, ce prêcheur si docile ;
Enfin le quatrième était un haut bûcher
Dont on ne pouvait pas sans terreur s'approcher.   940
   Quand eût parlé Midi pendant une heure entière,
Indignement Cauchon insulta la guerrière.[2]
Le silence se fait ; et Jeanne, à haute voix,
Pardonne à son bourreau et disculpe son roi.
Cauchon, Winchester pleure et la foule est émue ;
Beaucoup s'en vont : un tel spectacle les remue
   Jeanne supplie alors qu'on apporte une croix :
Massieu, pour satisfaire à cet acte de foi,
En cherche une aussitôt à l'église voisine.[3]
Le cœur fortifié par l'image divine,   950
Jeanne, jusqu'à la fin, ne la quitte des yeux.
   Enfin, du haut bûcher, on allume les feux :
« Saint-Michel ! Saint-Michel ! » implora la martyre,
Qui, dans le feu ardent de son divin délire,
Avec ses deux amies converse « de visu ».
« Mes voix viennent de Dieu ! Jésus ! Marie ! Jésus !...
Ah ! ce feu qui me tue !... De l'eau ! De l'eau bénite !
Venez à moi, Catherine ! A moi Marguerite ! »
Elle s'écrie : « Jésus ! » une dernière fois,

---

[1] Au dominicain Ladvenu, qui, ainsi que Massieu, prit place avec Jeanne sur la charrette qui la mena au supplice (Massieu lui avait de bonne foi persuadé de signer l'abjuration).

[2] En la traitant de chien qui retourne à son vomissement.

[3] A l'église Saint-Sauveur.

JEANNE D'ARC BRULÉE A ROUEN EN 1431, PAR LENEPVEU (FRESQUE DU PANTHÉON)

Puis elle monte au ciel auprès du Roi des rois.   960
    Un Anglais qui jeta un fagot dans la flamme
Tomba évanoui en voyant de son âme
Sortir une colombe envolée vers l'azur.
    Thiessard, de Henri Six le secrétaire sûr,
S'en allait comme un fou, yeux hagards, éperdus,
Répétant aux passants : « Ah ! nous sommes perdus !
Car nous venons, hélas ! de brûler une sainte. »
    Quant aux cendres de Jeanne, Winchester n'eut pas crainte :
Au lieu de les garder comme un saint souvenir
De celle qui semblait à Dieu appartenir,   970
De les faire jeter dans les flots de la Seine...
    J'ai fini mon récit. Oui, telle fut la scène,
Empoignante au delà de toute expression,
Que je vis de mes yeux. Ce fut la Passion
Que Jeanne eut à subir, Passion nécessaire[1] :
De même qu'il fallut que Jésus, au Calvaire,
Mourût pour faire l'œuvre de rédemption,
De même, pour remplir sa sainte mission.
La Pucelle devait, sur le bûcher, ravie,
Tel son Maître divin, faire don de sa vie.   980
Sa mort, Sire, nous a réconciliés à Dieu.
Dans ce but fut versé son sang si précieux.

CHARLES *(resté songeur pendant le récit de Gaucourt)*

Oui, Gaucourt, maintenant je connais mon devoir.
Oui, j'ai pu être aveugle ; aujourd'hui, je veux voir.
Le sang de la Pucelle appelle et crie vengeance :
C'est mon vœu le plus cher, c'est celui de la France.
Il ne sera pas dit que celle à qui je dois
D'avoir levé le siège à Orléans et Troys
Et d'avoir remporté à Patay la victoire,
Enfin d'avoir connu du sacre à Reims la gloire,   990

---

[1] Voir la note : « Le Sacrifice de Jeanne d'Arc » à la fin de la pièce.

Non, il ne sera dit que l'amie de mon cœur,
Qui de mon pauvre règne a été le Sauveur,
Ne sera pas vengée et mourra tout entière.
Elle a laissé à suivre une voie belle et fière :
Je te jure, Gaucourt, de la suivre toujours.
L'œuvre qu'elle entreprit s'accomplira un jour,
Car Dieu, qui de tous temps a protégé la France,
Saura de nos efforts donner la récompense :
A chasser les Anglais, Dieu certes m'aidera,
Car dans le ciel, pour moi, Jeanne intercédera.   1000

FIN

Note relative aux vers 974 à 982.

Jésus-Christ et Jeanne d'Arc

Le Sacrifice de Jeanne d'Arc

Nous croyons qu'aucun être humain ne s'est plus approché de Jésus-Christ que Jeanne d'Arc.

Il serait intéressant de noter quelques points de ressemblance qui nous paraissent exister entre le Fils de Dieu et la Vierge de Domrémy.

Ces deux enfants du peuple ont exercé la profession de leurs parents : Jésus était charpentier et Jeanne, bergère.

Tous deux ont pressenti la sainte et divine mission pour laquelle ils ont été prédestinés, et à laquelle ils devaient consacrer leur sublime existence, en apportant à l'accomplissement de leurs missions toutes leurs facultés, toutes leurs forces, toute leur âme. C'est à douze ans que Jésus déclare aux docteurs du Temple de Jérusalem qu'il est venu sur la terre pour exécuter la volonté de son Père. C'est à treize ans que Jeanne a ses premières célestes apparitions et entend pour la première fois ses voix qui, jusqu'à son dernier soupir, ne cesseront de l'exhorter, de l'encourager, de la fortifier.

Tous deux ont mûri leur esprit et préparé leur âme par la solitude et par la prière, c'est-à-dire par une intime communion avec leur Père céleste : Jésus chez les Esséniens et au désert jusqu'à l'âge de trente ans; Jeanne, au milieu de ses brebis, jusqu'à l'âge de dix-sept ans.

Leur vie publique a été fort courte : trois ans pour Jésus et deux ans pour Jeanne.

Tous deux ont été en but à la suspicion, à la méfiance, à l'animosité, à l'hostilité des conservateurs et des hommes instruits de leur temps : les docteurs, scribes et pharisiens se sont acharnés contre l'ennemi de la lettre et de l'hypocrisie que fut Jésus, qui cependant compta parmi ses partisans Nicodème et Joseph d'Arimathée; les gens d'Église et les docteurs de l'Université, sauf Gerson, ont persécuté Jeanne d'Arc dont ils ne pouvaient comprendre l'âme noble et droite.

C'est donc presque uniquement dans les basses classes de la Société que le révolutionnaire, le réformateur Jésus et la traditionnaliste Jeanne, à l'esprit populaire, simple et plein de bon sens, ont excité cet extraordinaire et irrésistible enthousiasme. Mais cette légitime popularité qu'ils ont connue, ils n'ont jamais voulu en faire profiter leur propre personne; ils ne s'en sont au contraire servis que pour glorifier Celui qui les avait envoyés et supplier leurs admirateurs de croire en leur mission.

Trahis tous deux, Jésus et Jeanne ont egalement éprouvé l'ingratitude : Jésus, du peuple qui, huit jours avant son arrestation, voulait le faire roi (Jour des Rameaux), Jeanne de son roi qui lui devait tout et qui, durant six mois, l'avait traitée d'égal à égale.

La perfection morale se trouve presque au même degré chez le Fils de Dieu et chez la Vierge de Domrémy, ces deux êtres si parfaitement constitués, si noblement sains de corps et d'esprit : foi vive, profonde, inébranlable; foi en Dieu et foi en leur mission; fidélité sans défaillance; ferme espérance, conviction absolue que leurs efforts seraient couronnés de succès sinon durant leur vie, du moins après eux. On sait d'une part la victoire éclatante que remporta finalement la doctrine de Jésus, malgré les persécutions ou plutôt à cause des persécutions dont elle fut l'objet, car les premiers chrétiens avaient la foi; d'autre part, la vie et la mort de Jeanne provoquèrent cette explosion de patriotisme qui aboutit à Formigny et à Castillon, c'est-à-dire à la fin de la guerre de Cent ans, ce qui permit à Louis XI d'écraser en la maison de Bourgogne, le dernier vestige de la Féodalité et d'établir le roi de France maître chez lui. Charles VIII, Louis XII, François 1er, purent ainsi porter leurs conquêtes hors des limites du royaume. Enfin, c'est toujours grâce à Jeanne d'Arc qu'Henri IV put créer une France paisible, riche et prospère, dont Louis XIV, en lui faisant connaître la gloire dans tous les domaines, fit la plus grande nation que l'Histoire ait connue.

Si grande que fut la foi de Jésus et de Jeanne, elle est encore moins admirable que leur cœur rempli à profusion de toutes les qualités morales : charme de leur commerce, heureux caractère, égalité d'humeur, finesse d'esprit, charité immense, douceur, bonté, horreur de la violence, apitoiement pour les souffrances physiques et spirituelles, amour de l'adversaire, esprit de tolérance, souci de la liberté de conscience, enfin, pureté absolue du corps et de l'âme.

Le crucifiement de Jésus, cet « agneau pur et sans tache immolé pour nous » a été nécessaire pour que l'humanité fut rachetée.

De même, Dieu réclamait le corps d'une vierge pour sauver la nation qu'il chérissait (comme les Dieux de l'Olympe avaient exigé, pour apaiser leur courroux et sauver la Grèce, le sacrifice d'Iphigénie, la plus illustre de ses enfants).

Nous croyons que la Monarchie et la France que nous aimons du même amour, car nous les identifions, doivent leur libération, leur restauration, leur grandeur, au sacrifice de Jeanne consenti par elle puisque voulu de Dieu.

En Jeanne, nous voyons non seulement la créatrice du patriotisme en France, mais en outre la plus grande, la plus belle, la plus parfaite figure de toute l'Histoire. Aucun nom, sauf peut-être celui de Saint-Louis, ne saurait lui être comparé.

Heureux et béni le pays qui a donné le jour à une telle héroïne, véritable parcelle de la divinité ! Et combien criminels ou insensés sont ceux qui ne respecteraient pas, qui ne chériraient pas la mémoire à jamais bénie de Jeanne d'Arc, la vierge immortelle d'Orléans, de Patay. de Reims, de Rouen !

Daniel JACKSON.

24 Janvier 1909.

(Date officieuse de la béatification de Jeanne d'Arc).

TABLE DES MATIÈRES

ACTE PREMIER (130 vers)

ACTE II (470 vers)

ACTE III (400 vers)